故乡的根

中国首个文学之乡农人文苑诗集

金玉山 ——

著

黄河出版传媒集团
阳光出版社

图书在版编目（CIP）数据

故乡的根/金玉山著. -- 银川：阳光出版社，2023.12

（中国首个文学之乡农人文苑诗集）

ISBN 978-7-5525-7144-8

Ⅰ.①故… Ⅱ.①金… Ⅲ.①诗集－中国－当代

Ⅳ.①I227

中国国家版本馆CIP数据核字(2023)第243304号

故乡的根

金玉山 著

责任编辑 赵 倩 申 佳
封面设计 晨 皓
责任印制 岳建宁

黄河出版传媒集团
阳 光 出 版 社 出版发行

出 版 人 薛文斌
地 址 宁夏银川市北京东路139号出版大厦（750001）
网 址 http://www.ygchbs.com
网上书店 http://shop129132959.taobao.com
电子信箱 yangguangchubanshe@163.com
邮购电话 0951-5047283
经 销 全国新华书店
印刷装订 宁夏凤鸣彩印广告有限公司
印刷委托书号 （宁）0027955

开 本 880 mm×1230 mm 1/32
印 张 7
字 数 120千字
版 次 2023年12月第1版
印 次 2024年1月第1次印刷
书 号 ISBN 978-7-5525-7144-8
定 价 48.00元

文学之乡，用写作赞美岁月和大地

郭文斌

中国作协主席铁凝说："文学不仅是西吉这块土地上生长最好的庄稼，西吉也应该是中国文学最宝贵的一个粮仓。"铁凝主席讲的这个西吉，就是生我养我的故乡。它位于宁夏南部山区，曾经是"苦甲天下"的地方，近年来却以"文学之乡"闻名天下。

文学之于西吉人，就像五谷和土豆，不可或缺。

成百上千的泥腿子作家，白天在田里播种，晚上在灯下耕耘。

"耐得住寂寞，头顶纯净天空，就有诗句涌现在脑海；守得住清贫，脚踏厚重大地，就有情感激荡在心底。在这里，文学之花处处盛开，芬芳灿烂；在这里，文学是最好的庄稼。"2011年10月10日，中国首个"文学之乡"落户西吉。中国作家协会、中华文学基金会的授牌词这样赞美西吉。

2016年5月13日，中国作协"文学照亮生活"全民公益大讲堂在西吉启动。中国作协主席铁凝开讲第一课。课后，她去看望几位农民作家，当她听到他们以文字为嘉禾、视文学为生命的讲述后，我看到她的眼里含着泪水。

2021年12月22日，在中国首个"文学之乡"命名10周年系列活动中，西吉文学馆开馆，成为将台堡红军会师纪念碑之后，西吉最有吸引力的文化地标，也成为涵养西吉人文精神的一眼清泉。从中，人们看到西吉全县有1300余人长期从事文学创作，他们中有中国作协会员21人、宁夏作协会员70余人。西吉籍作家先后获得茅盾文学奖提名、鲁迅文学奖、全国少数民族文学创作骏马奖、"五个一工程"奖等国家级文学大奖6次，获得人民文学奖、冰心散文奖、春天文学奖等全国性文学大奖近40次，省市级文学奖项近50次。据不完全统计，目前西吉籍作家、诗人已有60余人出版了个人专著，100余人次作品选入全国性作品集。

2023年5月8日，中国作协党组书记、副主席、书记处书记张宏森率中国作协调研组来宁夏，到西吉看望农民作家，视察文学馆，同样对西吉文学给予高度评价，寄予殷切希望。

西吉之所以能够成为全国第一个"文学之乡"，之所以涌现出这么多作家诗人，缘于宁夏党委、政府和有关部门重视文学的大气候，缘于西吉县独特的文化土壤和传统，缘于前辈们的热心哺育和尽心培养，缘于写作者互相欣赏、互相激励、抱团取暖的文学风气，缘于《六盘山》《朔方》《黄河文学》等报刊的有力引导，更缘于历届县委、县政府和有关部门一以贯之的扶持。西吉县文联的办公条件、人员编制、办刊经费，在全国县级文联中都是少见的。西吉县的父母官们大多崇尚文学、热爱文艺、疼爱作家、关心诗人。他们多次参加文学活动，鼓励大家创作；多次到困难作家家中走访，帮助他们解决创作困难。

在中国首个"文学之乡"命名10周年系列活动中，县委主要领导在座谈会上对文学经典倒背如流，这对作家们的激励是可以想见的。特别值得一提的是，在这次活动中，县委、县政府除了给西吉籍成名作家授牌，还对全县在校高中生中的文学苗子给予表彰奖励，开河续流，击鼓传花，用心良苦。这次活动之后，县委、县政府出台了许多推动文艺繁荣的措施，比如文学古迹保护、文学作品集成等。让我爱不释手的《中国首个文学之乡农人文苑诗集》（五册）就是其中之一。

文学馆开馆之后，每年夏天，县上都要在"红军寨"举办"文学之乡"夏令营。县委分管领导每年都要作开营讲话，还让主办单位画了一张中国地图，把营员的省份标出来。我们欣喜地看到，除了港澳台和西藏，其余省份都有营员参加过夏令营。在2022年的夏令营开幕式上，当我把铁凝主席签赠给西吉文学馆的两部著作交给县上领导，讲述了中国作协对西吉文学的厚爱时，台下响起经久不息的掌声。

良种生沃土，幼苗逢甘霖。

培养成气候，激励成气象。

在此，单说农民作家和诗人。

之前，农民作家的合集《就恋这把土》读得我鼻子一阵阵发酸。最近，以农民诗人为重头戏的五卷本《中国首个文学之乡农人文苑诗集》（五册）更是让我泪湿衣襟。如饥似渴地读着24位农民诗人的作品，让我对生我养我的这片土地爱得更加深沉。我仿佛看到一株株从泥土中生长出来的庄稼，经历萌芽、初叶、开花、结果，那么清新、那么鲜活，从碧绿到熟黄，令人兴奋、令人欣喜。

四月的花儿自顾自开着／奔放的骨骼／舒展神性的美／／谁唱词惊艳／成为四月的绝版／花草生动，鸟声婉转／／牧羊人用自己的一生／放牧了无数个春天／四月，我一再地叩问自己／如果是一株草／就竖起自己骨骼／／如果是一朵花／就开出自己的色彩（王敏茜《四月物语》）

八月的土豆就是娘亲／你的子孙掏空了村庄／把炊烟挂上了树梢／追逐城里散漫的流光／只是在这个夜里／谁喊我的乳名（胥劲军《土豆熟了》）

镢头铲子征服了山坡／糜谷运转腹径／燕麦沟有水有地／打通了南里的姑舅姊妹／日子把日子垒起来（李成山《燕麦沟记忆》）

山村是庄稼汉的额头／经岁月的雨季流成小河／那多愁善感的皱纹／记载着他们的痛苦和欢乐／夕阳剪出弓形的背影／身后撒满被晚霞染

得金灿灿的土豆／红太阳，绿庄稼／给画家展示一幅迷人的画卷／给诗人展示一幅醉人的图案（王晓云《庄稼汉》）

这是诗行里的岁月和大地。

诗人笔下的岁月，岁月笔下的诗人，在这片名叫西吉的土地上，深情牵手了。

我感喟与你相遇／我知道／夏花没有秋的圆实／春天的一粒种子／荡起了旱塬上的涟漪／我用情、用心／培育你的神奇（冯进珍《土豆》）

一朵山菊花／开在山顶／享受太阳的爱抚／它微笑着向山下观望／／我久久地对视着它／喜欢它的纯洁／风霜中还是那么明亮（冯进珍《山菊花》）

笔下记载了沧桑／像长满了褶皱的娃娃脸／想用化妆品装饰／笔里却没了墨／／幸好我有辆轮椅／能追寻勃然的装饰品／安静地坐在大自然

里 / 涂擦风的温柔 / 浩瀚的山野似席梦思床头 /
躺卧，仰望无际的星海 / 天马行空地勾勒世间
美好（马骏《笔墨与生活》）

乡愁是父亲跟在牛后的那把犁 / 母亲犁沟撒
籽的那双手 // 乡愁是母亲和风箱的弹奏曲 / 煤油
灯下的千层鞋 // 乡愁是门前的老井 / 屋后的老树 /
是山上的盘盘路 / 山下那条弯弯的小河 // 无论我
身处何方 / 乡愁永不褪色（单小花《乡愁》）

诗人笔下的风物，风物中的诗人，在这片名叫西吉
的土地上，深情拥抱了。

这就是我可亲可敬的故乡上沉浸在耕读生活中的农
民诗人。一手拿着锄头，一手握着钢笔；一面对着土地，
一面对着稿纸；汗珠浇灌的土地上，生长出来的不只是绿
油油的庄稼，还有沾着泥土、挂着露珠的诗行。他们扎根
故土，坚守田园，以笔做犁，以诗为餐，吟诵生命，歌唱
生活，不问功利，谢绝世俗，干净而纯粹地写作，把劳动
变成审美，把岁月过出诗意。

是他们，让"文学之乡"有了新的含义，也让我对"生

活"和"人民"有了新的思考。相对于需要专门"扎根人民、扎根生活"的专业作家来讲，他们本身就在生活里，从这个意义上讲，他们是幸运的。

他们的书写，也是对故乡最好的代言。从中，我欣喜地看到，我亲爱的故乡，那个"苦甲天下"的故乡，业已变成一块山青水绿、"吉祥如意"的"西部福地"，人们除了追求生活富裕，更追求精神富足。

他们不像20世纪五六十年代出生的西海固作家那样，普遍把苦难作为书写主题。他们讴歌祖国和人民，赞美岁月和大地，礼敬劳动和奉献，描绘幸福和诗意。

目 录
CONTENTS

乡愁

寓言的修辞

眼里的诗

雨的情怀

盼来了一场迟到的雨
清凉凉的
感觉到这雨来得懒散
下得有气无力，下得信马由缰

有一滴雨贴在额头
顺着眼帘
滑向干裂的黄土地
冲进麦苗的嘴

雨汛时急时缓
在起搏的脉冲里
一朵雨云，站上黄土高原的脊梁
向所有干渴的人民致敬

祈愿这久违的雨
一滴、一瓢、一湖、一海
顺着民意，各取所需

夜半雨声

庄稼人的祈祷，有灵验的时候
夜半甘霖
一丝丝，斜斜如绸
今天，心儿涨潮了

点点滴滴，是昊天降生的精灵
琴声骤停，雨声又起
好日子悠悠
夜雨湿过干渴的深巷子

梦中有雨，雨中有梦
阡陌正举行一场盛大的答谢宴会
邀君共饮，把福禄捧在心上
向天再借五百年

脚印涉过的地方，感恩瞬间潮涌
听雨，也听悠悠天籁之音
我，一个噙满泪水的过客
伴雨声入夜

安民雨告

一只蝉蹲在山畔上，喊雨
口干舌燥
云从远处来，压低帽檐
看样子，这次要搞点动静

勇敢的蝉，宅心仁厚
风开始大吵大闹
闽宁镇、红寺堡被天气预报淋透了
西海固也得提前更衣

是蝉喊来的雨
还是雨声招来的蝉
喊声由远及近
雨点敲打着玉米叶子
一洼的洋芋苗苗直喊痛

风来了，雨来了
精沟子娃娃泡到水里了
多嘴的蝉又喊

六月中旬

我的眼睛，我的庄稼，我的农民大哥

还有前来报喜的蝉

抱作一团

洗个痛快澡

端午雨汛

立于杨河古堡上
在风口云尖
我把一封万民折呈给东海龙王
葫芦河两岸
麦苗咧开嘴，草叶挑满了珍珠
一场端午雨悄然而至

田野里
一株株玉米恭敬地弯下腰
行叩拜之礼

雨脚如注
天空忘情地哭了
我的农民大哥却笑出了眼泪

雨云

雨云，如果是风筝多好
我会牵着它
从江南水乡
悠悠北上，途经大漠、戈壁、荒原
润过一畦畦干渴的责任田

不奢求大雨倾盆
飘飘洒洒就行
随心所欲地
落在发梢，钻入衣领，渗进毛孔
平日的灰头土脸
用微甜清洗，最好

知心的雨
让燕子的翅膀划碎
一如满天散落的珍珠
被勤快的庄稼汉
悉数珍藏

旱象（组诗）

一

一场雨顺着太阳的胡须
向大地窥视
悲哀的雨滴，没有自由
天空忧郁的时候，它被研成粉末

一根草尖，一块干枯的玉米地
已经瘦得皮包骨头
如果再有十天半月
我怕那种痛会把天戳个窟窿

一串雨又缩回去了
它有自己的艰难和苦衷
怨就怨那些飘忽不定的云
拽着风的衣襟
像葛朗台逛百货市场
吝啬得不撒一个铜板

常常在想
如果自己是一朵云

抑或是一滴雨
我必然要有情有义
该哭的时候一定不笑

这个干渴的人间
有时真的需要一两场眼泪
来润心滋肺

二

几茬不情不愿的密云
一场忐忑不安的秋雨
从四月出发
一路奔波
途经五月的温情、六月的淡定、七月的热烈
在汗流满面的八月中旬
痛哭流涕

青蛙仰天长啸
大地长出了一口气
一阵没头没脑的风
迎着雨，走马观花

面对一场迟到的甘霖

我笑了，笑得躬下身子
庄稼哭了，哭得稀里哗啦

有些感动是言不由衷的
就像每天的卫星云图
忽南忽北的
让人哭笑不得

久旱的雨像珠子
我拾起一串又一串
捧过头顶
替苍生叩谢

夜半风雨

三更半夜
一抹孤独半睁着眼
任凭无端的焦躁
把一尊肉身包裹得严严实实

风挤满了偌大的院子
乱哄哄的
雪花使劲地敲打着窗棂
欲钻进我的被窝

拉紧了一角的窗帘
我努力地拒绝
断不能因为几滴假惺惺的眼泪
潮了身子

睡意是后半夜的事
我点亮一盏孤灯
抱几行疲惫不堪的文字
静等天明

六月

六月，雷轰隆隆
吵得人心焦
一把镰刀
把密云割开几道血红的口子

扶着一株熟透的麦穗
挥汗如雨
我心急如焚哟
得把一粒种子迎娶回家

夜，不省人事
喊不起，睡不醒
必须抓一把顽皮的星星
去太阳底下晾晒

六月的热浪长满了田园
这个季节，有一场夏雨
浇个透心凉
更好

雨落初秋

秋雨敲打着柴门，千呼万唤
一帘的碎梦
像雨像风又像云

整个季节，心事都被悬空
一些情缘附在窗棂上
随诱惑滑落
汇成一道道五线谱，自娱自乐

悲悲切切的人
常拽着一行行南飞雁的翅膀
叹秋，咏秋

酷暑

农家汉子，行囊中盛满了春夏秋冬
牵一对老黄牛从盘古走来
到了杏黄的季节
他的鞭捎上，总会掠起一团火焰

赤日炎炎
一把芭蕉扇投下一树心影
那些口干舌燥的蝉蛙
呼来一路云雨

常常，我把斗笠戴在山峁上
置办些臃肿的想法，无奈
一半暴晒
一半淋雨

一团困乏的云
斜搭在麦客子的肩头上
看得那些晒心事的红男绿女们
汗流浃背

秋收（组诗）

一

九月，满山的土豆笑开了花
一地眉慈目秀的洋芋娃
喊着农人弯腰
和土地交谈

心中装七分收成，还得留三分感恩
不是挺不起脊梁
凡是秋韵染过的地方
群山都矮了又矮

现如今的庄稼人
不用刻意成仙
他们只需把丰收的喜悦上达

二

金秋十月
妻子披一身星星
娘磨一镰新月

每一天
父亲都热泪盈眶
一抹汗水
润着庄稼汉的笑脸

万山金黄季
我要把自己熟透
静候收割

兴平梁上的秋色

秋天到了
兴平梁上的那片纱巾
红艳艳的
闪了我的一对碎眼睛

有点涂鸦心意的冲动
人穷心不穷
羞得拿不出手时
只好跟着游人吼娃娃

大山和季节结下一世的缘分
是上苍的馈赠
也是娘老子绣下的花缠腰
坡坡上的野鸡娃没忍住
曲颈高歌

兴平梁上的一抹斑斓
大山里的少年
皆把李金山摄像镜头里的秋韵
勾出嗓子眼

醉话西吉

邀文朋诗友
去北山梁上喝潇洒
手头拮据
一嘴北风一口世事
一首花儿一曲信天游

盘坐在穆家营的大营盘
在大石城上温一壶千年史诗
把葫芦河搭在肩上
在硝河城扭秧歌
在马莲川捡金豆豆
在十字路上赛黄牛
喂不饱的儿女情长
只要拽着花儿的长辫子
就不会迷失回家的路

没有酒钱没关系
没有下酒菜也不妨事
心中有爱
脚下有路
咱就能把豪气饮尽

十五说月饼

勤俭的娘用一年的积蓄
烙了个月饼，粘满五谷仁
一炕的娃娃，大眼望小眼
礼让之间
留下一圈亲情和牙印

转到父亲手里时
几近圆圈
索性把它挂到窗棂上

今夜，月满故乡
有好多的天伦人家
点亮星星
簇着感恩，拥着团圆

我，敬重脚下的土地
取下父亲一辈子悬着的心愿
挂于无垠的天幕

岁月拾贝（组诗）

一

两颗洋芋加一个窝窝头
温暖了少年时光
我用无言的乡愁
背负着妈妈一针一线的盼头
缝合一道道岁月的伤口

二

在一摞摞书本里
我读到了淡淡的忧伤
一手敲开求知的门
背起父亲的行囊以及妈妈的唠叨
过起了另立炉灶的日子

三

岁月的扁担有点沉
一头是幻想一头是雾水
我在三十里开外的沐家营安了家

中学的大门为求知者一直敞开
我只是一个困惑的山里娃

四

撬开同学的神秘和吝啬
我把他的奢侈炖了一锅粉条烩菜
三十多年的自我救赎
忘不了的自责
在嬉言中落下了长长久久的话根

五

第一回窃书
也第一次跟同学飞檐走壁
任由一颗红心在嗓子眼里上下蹿动
多年后
仍把不算偷的狡辩镶嵌在朴素的家风里

六

没有想过自己也会名落孙山
在红彤彤的榜前
我把 338 分硬生生看成 388 分

我一定要抠出那颗恶作剧的眼珠
然后在 338 分的深渊里自省

七

毕业前夕，我们的心疯子般放荡
我们声嘶力竭地唱着
我们的生活充满阳光
陪伴了六年的洗脸盆、暖壶和饭碗
在昂扬中粉身碎骨
我们真把自己的饭碗弄丢了
从此也只配浪迹天涯

潮湿语言（组诗）

一

我，乡村的亲儿子
把根扎于泥土
和一束冰草抢吃喝

我的笔很钝，利不过镰刀
割下的诗文又瘦又薄

在父母的巴掌底下
我用困惑的眼神把油灯之光犁了又犁
种下一斗神性的汉字

一日复一日
一年又一年
我看见有些缘分悄悄出土

二

将一串愧疚扎进血管
顺着血管，向心房走去

一路跌跌撞撞

我发现，自己被邮寄了
原址在娘胎
真真切切的感受是
贴了八分钱的农业邮票

走了五十多年的山路，一直在路上
我的父辈，你又在哪里
我将被领向何方

夕阳里
一双牵我的手
和我牵的手
几近嶙峋

三

最刻骨的痛
就是在心里凿一眼深井
从生命的源泉里舀走骨肉情
而且用的是最挖心的勺勺

从人间到天堂

本没有路
眼睛被幔帐挡着
我只是一个睁眼的瞎子

半百之年，心尖上挑了个担子
一头是老娘
一头是自己
偏向哪一头呢
我把答案交给一旁吃奶的婴儿

此刻，最好闭上眼睛
用杂音塞住耳朵
任凭一个清瘦的影子
在脸上刻上不忠不孝之骂名

我一直在想
既然看不惯人间的真诚
一双明晃晃的眼睛岂不成了摆设

问了一遍又一遍
一阵西北风举起巴掌
我，开始颤抖

四

一粒秕谷子选择了一个叫夏家口的地方
庄子不大，有山有水有人烟
娘把一个叫杜社的娃娃
从黑暗带入光明
她逢人便说，这是我闹心的碎虫虫

不要把个人看得太能
一溜鼻涕可以奚落一位秀才
几颗绿山杏足可以酸倒一炕土娃娃
一双千层底也可以踩出一条康庄大道

没心没肺地骑在父亲的肩上
觉得自己已经到了娶妻生子的年龄
抬头望天
几颗星星挤眉弄眼
一轮月牙笑弯了腰
突然看见一个白面锅盔从天上掉下
套在我的脖子上
刚刚的好

尽兴之余

父亲喃喃地说
儿子，别玩过头
把你举得高高
只是为了证明，金家也有男子汉

五

一年总有那么一月
一月总有那么一天
月儿从缺到盈
太阳从东到西
从天度到月，不经意过成年
突兀地，为一根白发暗自伤心

娘给我说起宽心话
几句暖意从豁牙缝里爬出
那该是怎样的言不由衷
贪婪的我照单全收
绝不能凉了这最养心的语言

生就一名小男人
我，没干过怂事
也没说过囊话
只把一些潮湿的心事

挂在嘴角，示众

有些困惑需要留给自己
有些忍耐需要泡在泪里
当把一个转身勉强留下
我看见那身后的脚印仅能渡己

话装了一箩筐
一层苦来一层甜
一层湿来一层干
夕阳西下
在一片月光里
我，涂鸦愧疚

夜吟

月亮瘦了一圈又一圈，吉庆铺满了院子
两颗星星悄悄下凡
一颗爬上土炕，为娘守夜
一颗慌不择路，跌进茶水里

盼望着，守夜的一颗
简简单单地活着
在倦意袭来时
驾着清风，梦游月光山色

夜，打了个长长的呵欠
一缕惬意悠悠地
涉过眉宇间
进入梦乡……

家有贤妻弥温馨
——写在妻子四十八岁生日之际

一年又一年
岁月在你额头织下了深深浅浅的心网
四十八年的相随
我企图掏出一丝愧疚
来缝合这钻心的痛

花一样的岁月
你烂漫如菊
娇艳得让众姑娘眼馋和心碎
唯我费尽心机
让这夺目的红开在心里

你是一把遮风挡雨的伞
辛苦地撑着
无论白天黑夜
我的床头因此而春色满园

岁月静好
掏一捧怜惜
在你娓娓絮叨的时候
悄悄装进话匣子

伴你入眠

轻轻地拢起你不再柔顺的头发
在橘黄的灯下
借一丝殷勤
帮你洗菜、淘米、刷碗
陪你畅想穿嫁衣时的泪水和喜悦

春在亥年
所有的烦心事随轻风远行
让一句祝福飞入寻常百姓家
情愿给你一个厚实的肩膀
供你哭、笑、闹，也供你靠

感悟

一路跌跌撞撞
爬过了五十二道坎
经历了五十二个寒来暑往
我，来到知天命的日子

感恩父母
牵着我的小手
用洋芋蛋和小米饭把我养大
拉扯我立业成家
活成一个男子汉

感谢妻子
二十七年的相濡以沫
一口热饭，半间陋室
盛满了叮咛

感谢一奶同胞的姊妹们
伴我走过半生
在一个个雨雪交加的日子
替我撑起一把伞

感谢恩师
一笔一画、一撇一捺
帮我把一个斗大的人字
写得方方正正

感谢所有的亲朋好友
生命中的相知相惜
让我有太多的感动
在知遇和掌声里
互牵互谅

感恩 2020 年的夏天
在大病来临时
那些给了我第二次生命的
白衣天使们

感恩过往
人生的五十二岁
大山的秋天
活在一个盛世里

说孝

三月的风一点儿都不温柔
一抹被吹得皱皱巴巴的夕阳
在老娘的额头上
写春秋

儿女为一享天伦，行色匆匆
读书的孝子把眼神埋在怀里
手挽手攥着疼
脚被裤管羁绊，步履蹒跚

不知道
我该用怎样的笔和巧手
书写何种难

断奶的文字像蒿子
嶙峋的肋骨
撑起干涩的眼皮

盛满泪水的眼眶里
养着一尾省心的鱼
丝一样的气息
钓着愧疚，偷生

跪乳恩

仰望一座生命之山
小羊羔常跪着喊妈妈
唯我，独上峰头
攀上去是小，滚下来更小

儿时的枕头，魂牵梦绕
置身于蟠桃树下
一襟子的醇香
令众儿郎裹足不前

长大之后，学会了站着说话
奶水足不足，无关荣耀
一座山瘦了也老了
涉一弯嶙峋的溪水，我寻寻觅觅

一个属于母亲的节日
这条羊肠路上，也曾蜂飞蝶舞
在一个寂寞的角落
有一声叹息，刺痛了我的神经

团圆饭

节假日，相约一顿火锅
在烟火气里
煮上酸甜苦辣、天南海北

唠叨、牵挂、调侃以及成功的喜悦
摆满了餐桌
一定要把美好的祝福调上
这是奢侈品，否则饭不成局

儿女的汤碗味道很重，看着很辣
油烟挂在妻子的脸上
沧桑而高贵
妈妈的饭奇香
我夹起一块
品尝着一种不易察觉的满足

饭吃七分饱，我告诫自己
还得泡三分苦
我总担心这满桌子的甜蜜
会让人忘了高粱面、红薯片、苦苦菜、窝窝头
和烧洋芋

以及曾经的憋屈

举国欢庆的日子
一碗清汤、半口鸡肉、九碗十三花和自助餐
从眼底鱼贯而出
在大丰收的桌上
泛着金色的光

赶夜路

爷爷的光阴
是一段夜路，伸手不见五指
父亲来了又去
唯有我
一直走不到头

一路上有星星做伴
夜风阴阳怪气
我把胆儿捋直了
瘦成一条线
另一头被奶奶拽着

妈妈等米下锅
父亲把空口袋搭在我背上
眼帘下
一扇门虚掩

勤于营生
我决定以后少走夜路
自己辛劳
星星也跟着熬夜

月下影像

把心意弯成了扁担
度光阴的汉子
一头担着爸妈
一头挑着家

门前的榆树活了个精神
树下的老人
披一树梨花
在夕阳里
把小孙女举过头顶

一片羞红的晚霞
续一段光阴
我摘下一弯月牙
给妈妈梳头，帮爸爸理胡须

晚风吹拂
我的一双儿女
把脚下的路
踩出一方前程

求学之路

书包里装满馍馍和诗文
一些拿来填肚子
一些用来装门面

肩膀酸痛时
总是暗自问自己
累了身心
除了不饿，总得图点什么

轨迹

父亲，一个地道的农把式
把一粒种子撒下
在一声"昂式"的吆喝声中
一个希望，破茧成蝶

小时候
跟在妈妈的身后，像鸡一样
你一口我一口
在土里刨食

年轻时，驾一朵豪气
凭一米七的海拔
在高高的月亮山巅
量天高地厚

中年时
一把泪水一把汗
以面朝黄土的谦恭
吻一口土地

老了，背一垛光阴

捧一把酸涩
一步三回首
把余生精打细算

再后来
借众亲之手
携一身的罪责，不情不愿地
去土里思过

人哟，贵为万物之首
活成抛物线的轨迹
从泥土中来，到泥土中去
土地，才是命根子

老娘

岁月宛如耙子
薅光了娘的精气神
一块块棱角分明的瘦骨
戳得人心痛

霜悄悄地爬上老房顶
一滴清泪滑落
伤感流进了旧院子
汇成一汪一汪的难

最痛的时候
能听到妈妈的气息如芒
若即若离
如逆风而行

亲情不老
在这个落雪的季节
痴痴地祈福
让悠长的光阴润泽

寻根

把一米七的俗骨压扁、再揉碎
捡一个血块，抑或一粒尘埃
重回故里
作为后人，我把万丈的根扎在妈妈的心中

一串生生不息的故事
从人祖的肋骨溢出
有一位母亲，续写着一个斗大的人字

一辈又一辈
一茬接一茬的庄稼
枯了又荣
从此，人间香火不断

母亲河

回忆醇香
醉了岁岁年年，美了好光景
忘不了的趣事
嬉戏在清澈的葫芦河畔
儿时的快乐
徜徉在细碎的浪花里
只看花开，不闻果香

携父辈的惆怅
走一路九曲十八弯
偷偷去摸鱼，披一身晚风
哼一曲《外婆的澎湖湾》
把饥肠辘辘的奢望
寄托在妈妈风箱的旋律中
遗忘在夕阳下
牛哞、蛙叫、同伴的闹声里

走西口的男人，吟一曲忧伤
向你挥挥手
泪别河干石枯的母亲河
昔日的金蛋蛋

辉煌了区区十几年

葫芦河的黑水

稀释了丰收后的喜悦

南来北往的商贾

掩鼻疾走

母亲河的肌肤，在化脓，在流血

望着向东的污流

一喉咙的干涩

任由带腥的东南西北风

掠过干涸的河床

己亥年，春风化雨

稻谷香两岸

一曲曲信天游

唱飞一只只白鹤、野鸭

唯美了

一对对捞鱼鹳

惊走群鱼，上下翻飞

排排倒柳成荫

片片水草丰美

母亲河，爱你的丰腴

真想把最煽情的六盘花儿

放声漫给你

折服于大禹的子孙
震撼于最绚丽的画卷
醉美的风景
令天南地北的游人
不愿离去

时代出智者
勤劳的西吉儿女
净河治污
水波粼粼的母亲河
如诗如画
一路向东，一路吉祥
在新时代的春光里
奔腾着，欢乐着……

桃花·女人

四月，所有的乡村粉红
一道道梁，几洼洼坡
妻女在桃花村里
依肩回望

只顾在烟花中自吟自唱
每一个句子，陶醉
有一位妈妈
也曾花开

桃花谢了，梨花开了
一伙人走了
一群人又呱呱坠地
所有的气息，必有轮回

花丛中，漫着一份心情
所有的蜂蝶
吹着口哨
把娘亲的往事
弹成一曲五线谱

山的语言

姻和缘结盟
一夜间，两座山牵起手
四目相交
睫毛羞成新月，承诺汇成长河

山与山相互搀扶
沿一条盘盘路蠕动
脚印不深
一对鱼儿可海阔天空

二十八年间
风雨抚摸过的两座山
沟深木秀
长在山窝里的托付
簇拥着，山脊弯而柔软

两座始于黄土地的山峰
借一个肩膀
拖儿带女，搀着另一座老去的山
把天伦举过头顶

心中的山，不老
靠山的夫妻
沿着生生不息的脉络
结伴而行

笛子兄弟

哥哥背着弟弟
弟弟背着蓝天
几朵彩云从笛子孔里飘出
袅袅上升

山梁梁上
风侧耳细听
云雀驻足不前
杨树叶叶拍着手
小草晃动着脑袋

想听笛子的时候
就想哥哥
亲情悠悠
弟弟不老，哥哥亦不老

骨肉之痛

在眼皮上磨刀
蘸点血
从前胸开始剥离，顺着心尖
刺溜、刺溜

一刀一刀，看不见半滴血
骨头喘息
老娘和她的墓
抱头喊疼

把离别说成永别
说文解字的大贤们
从指甲缝里倒拔一根狗娃刺
谈做儿子的心得

冬日·念

雪后的天空，灰蒙蒙一片
西北风刮过的黄土坡上
长着父亲的骨头

扯着嗓子喊一声：我的大
崖娃娃兄弟把我的思念
从山梁传到天堂

阳洼岗上的那座坟头
磨穿了我的眼角
几根茅草摇曳着
拽得人心疼

坟头思语

约好的，一定要见上一面
阳关道上，我磕磕绊绊
只把等待说成枉然

熟悉的坟茔
一茬又一茬的思念
枯了又荣

爷爷、奶奶、父亲、继父……
抚摸着坟包
就像吻着妈妈的额头
疼碎了肝花，想烂了心

一声声心语
忐忑着，飘向不归路
我，深一脚浅一脚

看您来
不只是路过
我的眼眶，溢出
一圈又一圈的愧疚

特殊的日子

一个特殊的日子
携一缕思念
走来
能听到急促的脚步

父亲是带着忧伤走的
暮色里
母亲的眼泪
如冰川
挂在儿女心上

日子重复着
在我心中生成
一圈又一圈年轮
从坟院到家
便是一个
永恒的轮回

一个不能忘记的日子
我拿清水里的刀子
为勤勉的黄牛

温顺的羔羊

更为救赎

做升华

徘徊在家门口的日子

依依相惜

借一炷香的膜拜

从此团圆……

诗与庄稼

我趴在桌上作诗
母亲蹲在地里锄草
六月，汗比雨多
西北的雨云都去郑州赶场了

父亲说，天不下雨
诗和庄稼
都是一娘养的饿汉

回故乡

饥肠辘辘的时候
我总能不由自主地想起
故乡和老娘

每每回到故乡
我都会昂首挺胸
把自己装扮成有钱有势的阔佬
我沉醉于云里雾里的感觉

串门的时候
扯一缕春风罩住颜面
一定要讲讲蹩脚的普通话
否则就对不住全庄子的父老乡亲
对不住满口的仁义道德
更对不住那个偷偷收我花手帕的姑娘

最愧疚的还是故乡和老娘
目光依旧清澈
能看穿我一肚子的苦水
还有几颗打碎了的牙

乡恋

用一颗凡心
临近故乡的山水
父亲的肩头
挑着一箩筐太阳
打发着贫困的日子

春来得早
用轻巧的步子
走一路山清水秀
把山泉的叮咚
漫给了花儿与少年

饮着浓烈的乡愁
一口浆水的味道
在不变的乡音里
爬山，涉水，了心愿

吮着泥土的醇汁
我把灵魂放飞
一曲信天游
在村口的大柳树下
吐露相思

诗韵鸦儿湾

红、白、黄、绿，南里人的乡愁
一泻千里
北里的少年，蘸饱诗韵
在鸦儿湾忘情涂鸦

大山旮旯里的小村庄
云轻，风润，山青，草绿，泥土馨香
层层叠叠的梯田
长茂盛的庄稼也产草根诗人

游子的笔很瘦
仙女的手奇巧
星眸微转间
人间便多了一处天堂

山中自有文化人

绕一段盘山路，踏一缕墨香
被悠悠白云牵着
步入杨河，走进木兰书院

山中自有文化人
史静波和春花诗社
被软溜溜的扁担担着
走出燕麦沟，涉过葫芦河，攀上杨河梁
一路赓续前行

三营的尕联手马志学拎着绵蛋蛋令走南闯北
花儿王子马少云漫傻了少年，羞红了尕妹
秦腔唱出花儿的喜庆
花儿漫出秦腔的亢奋
一曲家乡美，情人谷牵手，永清湖如镜
将台堡会师，单家集夜话

漫山遍野的苜蓿、胡麻
吊一地蓝个盈盈的灯盏
一沟一洼的洋芋花
只招蜂不引蝶

就这样悄无声息地开
只等泥土中那些白白胖胖的娃娃
长大成人，颗粒归仓

和大山称兄道弟的人
必须有一副脚户哥的铁肩
咂一口罐罐茶，丢一勺炒面
讲几句字正腔圆的盐官话
李兴明先生，南里北里都有上姑舅

马正虎老师说话有来头
木兰书院不长庄稼
文学杨河不产诗人
这里，春种勤劳、秋收回报

晨雪

晚秋的心思比霜降早半步
怀揣不安的玉兔
着一身碎琼乱玉的婚纱
走出闺房，牵手大地

喜庆的日子
姑且把离娘的愁挂上树梢
天宇情深
一束束蜡梅翘首以待

注定要经历一场羞羞答答的相拥
春花秋月一路
踩着零乱的乡恋
把一份无染的爱奉献给四野

轻点，再轻点
拎着不惑之年的儿女情长
牵着身不由己的魂灵
一直迈向来雪的地方……

情牵北斗星诗社

一簇，一团，一世界
扎根于文学之乡
争奇斗艳
心系远方，情牵北斗

吮着母亲河的乳汁，长大
披一身东南西北风
以独有的野性
或哭，或笑，或芬芳

孕育希望的地方
所有的泥土都长满了灵气
执一支笔，耕耘乡野
拓一行诗，独上六盘

三月，春风溢满了山川
芬芳的文字
在草芽上跳跃
相约北斗星诗社
只为初见……

乡
愁

故乡的根

从硝河城到席芨滩
父辈们把宿命之根扎下
一束扎在夏家口子，没发芽
一束扎在花茂湾，和冰草抢吃喝

夏家口的人不姓夏
花茂湾收留了有根无业的金家人
一沟一湾有山无水
村口的一个涝坝，能苦死蛤蟆
沟底渗出的半眼山泉，被早起的勺勺舀干
落一个懒干手，常喝自己的眼泪

走吧，捎点指望，带上些脚程
人啊，总不能饿死
走有古今的地方
寻能长庄稼的土地
父亲说，再远的路都是活路
再苦的日子肯定能出头

花茂湾无花，稼禾不茂
养花的人不赏花

扬场的人填不饱肚子

继父把本不属于个人的种子

栽在异乡的学堂

从此，布谷催，春风拂，夏雨淋，星星也点灯

忍过一个个十年九旱

席芨滩的水土开始养人

这里的光阴长势良好

男人们悄悄把家从口外搬回口里

从硝河城到席芨滩再到穆家营

被一位叫娘的人牵着

沿一个熟悉的盘山路

我，把一首《花儿与少年》漫红故乡

簸箕

唰唰唰，沙沙沙
端着簸箕的妈妈
划着一道柔和的弧线
一些陈谷子、秕糜子被颠得晕头转向
一升憨憨的豆子开始蹦迪

簸箕里的谷物各怀心事
一颠一簸中
有的跟着风，忘了本
有的跌在墙旮旯儿，思过
有的拖儿带女，外出谋生
有的不思进取，甘做鸡食

端详着簸箕，就想起了花茂湾
一庄子的老少爷们
被穷光阴一日一日地颠着
骨石重的守着故土
脑子活的去挖金子
去南里的脚户哥用针头线脑换了个媳妇
有一个少年漫过了大山
没有回头

家，本是娘手中的一个簸箕
只求那个敞口的家什
别把儿子的魂颠丢

耧

打开老黄历
七九的鸭子，八九的雁
九九的耧铧满地转
一树桃花撵着牛的屁股
一张耕图被惊蛰唤醒

一道道垄沟，几行行诗
有人两眼墨黑
有人脚不沾土
耕者开始崇拜写诗的潇洒
写诗的猜不透务农人的心思

扶起耧的身子骨，我的话像拌好的籽种
轻摇匀摆
风太不正经
阳光把眼睛眯成一条缝
说起风凉话

关于耧的话题
没有人问
我只能一遍又一遍地说给儿子

讲讲清明

谈谈春风

也吐槽在 2022 年的播种季

耧铧将以怎样的精气神

博取○○后的眼球

写下关于耧的文字

默默地把《农桑辑要》举过头顶

我还要庄重地写下

一个农民儿子

无尽的担忧

连枷

盘几弯古柳的肋条
用牛筋串起来
扯一根最犟的驴脾气
抡圆了劳动号子
拍打流年

连枷与碌碡
上河里的蝌蚪下河里的鱼
阳洼的糜子阴坡坡的谷
一连枷拍出悠悠的古经
一连枷扬起舒心的花儿
一连枷抡出古朴的劳动号子

最烦空吼的碌碡
全年的收成一场空
七分自留地
养不活大腹便便的碌碡
唯指望一副勤快的连枷
接续青黄不接

最中意忙碌的连枷

一连枷下去，日子瘦了
熟透的谷物完成超脱
一连枷下去，光阴肥了
淌鼻的儿子出落成少年

如今，连枷和碌碡
圪佬里的一对孬连手
背靠着小康
一个晒阳洼，一个立墙根

升子

从父亲的手中接过升子
满庄子的狗开始仇恨起我
端起放不下
只得用脸面敲门

土地只荒芜了一茬
冰草便挤破头
开始抢吃喝
饿瘪了的籽种
换不回一斗收成

瘦光阴，升子装不满
一直都敞开口
半斤抵八两
精明的财主收获着光阴

一口升子
西家愁，东家笑
低出高进
愿打的也愿挨

量身定做的升子
识不透的器皿
人间公道
在升子里被反复估量

耱

黄土地把收成挽成疙瘩
庄户人的光阴板结
有心的耱
平一地坎坷

捉着牛尾巴
迈着开心的八字步
一趟地头，有来有回
信天游拎着牛粪蛋蛋
在山坡上滚出一盘盘幸福路

站在耱盘上
绝不为征服脚下的土地
耱自娱自乐
一块土坷垃高调喊疼

我的大伯抑或父辈
耱一季平平坦坦
捋一茬麦肥草瘦
图一份五谷丰登

锄头与生活

正午的阳光审视着辛劳的锄头
一垄垄洋芋，一行行禾苗
被梳理得井井有条
一根根偷生的杂草灰飞烟灭

左一锄头右一锄头
怒气难消时，最怕臁
风风火火闯九州显一份牛气
指点江山、激扬文字得凭点真才实学

锄头与生活
剪不断理还乱
握一柄利锄
薅尽生活中的乌烟瘴气
薅出前程里的朗朗乾坤

一把锄头上粘满讲究
压得虚了，锄草未尽
落得实了，颈椎酸痛

握锄头的活最讲轻重

拿笔的手难估深浅
讲大道理的先生易误农时
他们摸着手心里的一个小水泡
一直喊疼

镰刀与父亲

父亲握一把明晃晃的镰刀
醮上三伏天的热烈
把一份辛劳置于磨刀石上
磨弯了月亮，磨疼了太阳

父亲握一把锃亮的镰刀
带着妻儿的嘱托
走州过县
从平凉到彬县、永寿、乾县、礼泉、咸阳
到古都西安
割疼了一嗓子秦腔
割薄了八百里秦川
割瘦了巍峨的六盘山

父亲的镰刀割开一道彩虹
东虹日头西虹雨
抢在轰隆隆的雷声里
龙口夺食

一把镰刀，怜顾那些刀耕火种的先人
男人手大抓天下，女人手大握镰把

父母亲的手只适合握镰把
镰口下的谷物养人
足以续命

一把镰刀，麦客子父亲半生的荣耀
把自己的光阴割老
然后，挂在墙上
供我日日折腰

石磨与日子

半升黄澄澄的麦粒净身出户
从磨眼鱼贯而入
清瘦的石磨漫出开心的花儿

磨台上
一座富士山蜿蜒崎岖
毛驴只顾扭头赶路
白色的面山越来越尖

饥肠辘辘的书生哥
把一本《论语》在磨担上摊开
娘念天地之悠悠
独怆然而涕下

汗水喂不饱磨盘
磨子开始空吼
在幽深的磨眼里
我瞧见 206 块零散的骨头
长出了碧青的嫩芽

石磨和主人

一条磨道里的两道河
时而低吟，时而亢奋
一支流进泥土，一支流入记忆

架子车

四四方方的车厢
时而装粪，时而拉粮食
有时还架上几个淌涎水的娃娃
无论是陈谷子还是秕糜子
全是父亲置办下的一份光阴

两个车轱辘
被牛扯着，被马拉着
抑或被父亲拽着
一条山路被碾成信天游
从旧社会拉到新时代
凡是架子车走过的地方
路路畅通

架子车是全家的指望
一架子车的柴火、洋芋、豌豆和谷物
转出山坳坳
拉回城里人的五花八门
让母亲在一个叫花茂湾的地方乐此不疲

架子车也害羞

一头毛驴套着车辕
把一个俊俏的媳妇
屁颠屁颠地拉进洞房

从此，一个女人把满腹心事
落在架子车厢
怨也悠悠
乐也悠悠

背篓

背起背篓
父亲的汗水、母亲的艰难和我的童趣
一股脑溢出
从此，故乡的盘山路上，长满了绿藤

背起背篓
一大家子的温饱
便有了着落

背上背篓
通往未来的日子
捎上期许，放下心结

一个背篓在肩
一辈子艰辛
一腔子殷实

背背篓的人
多用脊背少用心
我，常常告诫自己

笤篮

籍窑旮旯里
一个旧笤篮深情地望着门洞
心事重重的样子
我小心端起
轻轻摇晃
一些旧事纷纷扬扬

一瞬间
针头线脑、糜面蓍蓍、胖嘟嘟的大豌豆
以及娘的叹息和手艺
簇拥着庄户人的一份精打细算
斜靠在笤篮边边拉家常

我摸了摸骨瘦如柴的笤篮
把一嗓子的愧疚和安慰默默咽回肚里
在我的眼眶、微信、抖音里
一些渴望、富足和些许的无聊
在笤篮里相互埋怨

笤篮凑近我的耳朵说
蛋娃子啊

记着常给我擦土

只有你

才是我的连心肉肉

权、推板和木锨

抖的抖，扬的扬
推板来回走过场
权和木锨手忙脚乱
一场从豁蚬口吐出的西北风
没黑没明地喊着劳动号子

庄稼到了分娩的季节
流浪的种子开始脱胎换骨
往往在这个时候
太阳把笑脸摊了满满一场
任凭权、推板和木锨在上面踩着六亲不认的步伐

打粮场上，热闹非凡
权频频点头，理着一团乱麻
木锨最会挑肥拣瘦
推板不好意思偷懒，只得硬着头皮
带着盼头，来回数着脚步

一年的庄稼两年务
场上的薄厚，那是农人的脸面
粮食堆堆不哄人

杈、推扳和木锨用自己的忙碌

为秋天喝彩

给农人庆功

麻鞭与少年

使出吃奶的力气
把几束冰草筋骨相连
拧一个粗草绳，再接半截麻鞭
啪啪、哗啦啦
一沟一山的崖娃娃为我喝彩

达吾旦是手下败将
杜社摩拳擦掌，一脸的不服气
可以把饥饿甩过阳洼沟
但绝不做怂沟子

拌麻鞭的娃娃虎儿
抡开了膀子
十里八乡的眊眼睛
一扭一扭地秀长辫子
是咱甩出的响鞭

麻鞭响过，一山一洼的红火
老家的沟台上
场沿上的大杏树下
淌鼻子的娃娃

甩出了童年的一股豪气

麻鞭伴着少年时光
押麻来哟
谁输谁肉头，谁赢谁舅舅
尕联手，你来了
我仍少年……

小炕桌

小炕桌，比不上八仙桌端庄
盘腿炕中央
彰显父亲的特权
至于娘和姐妹们，只能围着锅台转

小炕桌上
茶添七分满
端几碗稠稠的面片子
一碟韭菜，一勺油泼辣子
红绿搭配
才叫一个美

小炕桌，方方正正
可以端人情
可以摆礼仪
还可以星星点灯、九盏熬油
熬一个望子成龙

小炕桌
至今仍然过得有滋有味
有些理数永远扯不下桌面

就像第一碗饭和一盅茶

永远属于金门大掌柜

诗林里的一棵杏树

挑选一块能长诗的园子
把喜怒哀乐种下
几棵嗷嗷待哺的小树苗
没心没肺地长着

风笑过，雨打过，狗娃草也挖苦过
缺少父爱的孩子
丝毫不敢偷懒
它怕被齐腰深的冰草一口吞下

日渐长大的杏树
只开花不结果
很像学着写诗的我
涂鸦半辈子
竟看不到有一行文字端上桌面

抚摸着杏树乱蓬蓬的头发
我刻意把网名挂在树梢
从此要和一颗酸酸甜甜的杏子
同俏枝头

雪落杨河

初六下雪
一场大雪围住整个六盘山
几朵雪花踩着吉庆鼓点
飘过燕麦沟
在一个叫高同的地方歇了会儿脚
迷路在杨河河谷

有几朵禅坐在木兰书院
围着一朵莲花左转转右转转
于是，成群结队的雪开始圆寂

北方的雪快活在六九头
每年感动一次
来了就围着煮洋芋、罐罐茶
点亮冬天的一把火

杨河哟
我该为这场颇具张力的雪
举办一场生日派对

也说清明

黄土和人心
被一根线牵着，欲罢不能
盼雨的时候
思念漫漫

父亲和儿子
扶一缕念词升腾
一个在西去的路口问天
一个在东来的地方困惑

跪在先人们长眠的地方
一册功过簿
在坟头悄悄摊开
所有的记忆
被悔淋湿

该见的见了，想说的只诉了一半
心路之上，草木附首
站着和躺下
只在一念之间

清明，不只是思故
健在的高堂
欲把念中之念
望穿

家话（组诗）

一

锅碗瓢盆，权把扫帚
这些老房子的什物
活在我的嘴角

二

家里的话题太多
敞开心门
却装不下半句妄言

三

妈妈、媳妇和儿女
藤缠树，一团麻
一道永远跨不过的情河

四

乡音像一根筋

家的味道
飘在回家的盘盘路上

五

家似池塘
我们都是姜太公
钓一份和和睦睦

花儿的眼泪擦干了

一嗓子少年从耳边漫过
荞麦羞红了脖根
野兔沿山坡坡倒苦水
一声哎哟令从口外风尘仆仆回家
淹心的眼泪擦干了

收获的季节
颗粒归仓
我，也收回了悬空的心

海原大地震 100 周年记

1920 年 12 月 16 日
山崩地裂
西海固人的血泪
从地缝里渗出
汇成一沟沟苦涩

魂灵如水
以一种悲壮的流速
去赴约
星月哭了，山川塌了
妖鱼惊坏地球

朔风吹来
冷飕飕的天意
九曲十八弯
沟壑接纳了二十三万人的哭泣

生命的脉络
在崇山峻岭间回环
一路喧嚣着
像寻娘的孩子

今人把盼头
融进一汪震湖
我恭敬地聆听着
一方水土改天换地后的豪迈

好日子里
我要带上自己的亲人
怀揣一腔心愿
沿着故乡的那条河
奔流

震湖

湖光与山色齐美
彩鲫和水怪共舞
一轮晚阳红着眼眶讲故事

感昊天之恩
捧一面耀人的镜子
映新美时代

情暖热土

陕义堂的油灯亮了，一盏接一盏
单家集沸腾了
在红歌骤响的天宇下
五星红旗徐徐升起

我和我的祖国
一声声呼喊，响彻兴隆镇单家集
此刻，阴雨给炎阳让路
人，不能胜天
天，却能遂人愿

满腹的心语
在天高云淡的好水川里
把好花儿漫过
风儿，轻托起一广场的灿烂
山丹丹花开在六月

矮化苹果园里结满了希望
有机牛粪堆高了喜悦
阿炳先生把《二泉映月》弹在了牛舍
蚯蚓深翻着一茬茬的梦想

这片土地好戏连连

竖起的大拇指高过头顶
收获的喜悦揽在怀里
来不及言累
且把身板立起，担起厚望上路
我和我的弟兄，《好汉歌》嘹亮

推迟的细雨如期而至
借着润物的间隙
我一定得为脚下的这片土地
写下几行赞美的文字

单家集夜话

精致的盖碗
弥漫着浓浓的茶香
伟人和贤者促膝而坐
心愿如涧水
汩汩地流淌着

夜宿单家集
不只是一个故事
红色基因已深深扎根
在拜富贵老人的花白胡子里
动人的故事源远流长

让来来往往者苦思冥想
民族政策的号角从这里吹响
两位老人朴素的家常话
单家集的乡亲倾听了百年

灯下的故事照亮了大半个中国
血浓于水的亲情
宛如葫芦河水
滋养着好客的单家集人

感恩的时候
一个人常去夜谈的地方
恭敬地站在土炕前
痴痴地想
静静地听
想给两位老人添添茶水
或挑挑灯芯

喜相逢

一股暗香，涌出四月的大地
兄弟般的笑意
在春夏交替的晌午
绽放如初

相约单家集，风光这边独好
醉了文学之乡的雅士
炕桌前，恭敬如初
挑挑灯芯
体味夜话

盖碗醇香，泡了八十又四年
悠悠茶道
生成兄弟一家亲
不巧的诗篇，绘出精美画卷

春的灿烂，把心潮搅起
沿着伟人走过的足迹
我们众志成城
相逢在陕义堂的弦月下
畅想生活

你、我、他，走过诗也走过远方
"四宝之地"的好花儿日日漫过
巍巍六盘
天高云也淡
这个季节，春光灿烂

月亮山畅想

有一个传说峰回路转

怕嫦娥奔月太辛苦

后羿不再射日

削下一弯月牙挂在人间

为一份眷顾

安放在桦树叶上

从此，火石寨溢满了儿女情长

在秋满乾坤的季节

携一缕牵挂

沿月亮山拾级而上

天阔云远

扯一溜溜丹霞的赤色

贴在胸口

听秋韵没入心扉

吮吸着母亲山奶长大的男人

一捧山泉水洁净灵魂

草落松更绿

斑斓色是月亮山最美的底蕴

独上峰峦尽望

一峰驼铃赤脚天涯

扫竹岭上的秃鹫万般威武

大石城中的呐喊依稀

狼烟升起处

一骑金戈铁马

踏破石城

月亮山的故事凄婉

在狐狸、野兔、山鸡、麋鹿惊走的山坳

我深一脚浅一脚地走着

畅享松涛阵阵

惊叹于草长莺飞

揽沟壑月满，不归

重上月亮山

捡起一个最美的日子

携最柔的风

拂一山的深绿

轻轻地揽你入怀

牧一壑一沟的金马驹

摘一弯新月

贴于眉心

相拥崇敬的母亲山

满山的苍翠欲滴

山泉叮咚

唱一曲悠长的《母亲》

举起心伞

重上月亮山

觅一些零碎的冲动

沐风，赏花，也看层林尽染

老路上，也寻一丝牵挂

一树一树的汗珠

洋洋洒洒

水清了，山更绿了

心花也绽放了

唱花儿的花儿

花碗碗里的一汪汪露水
是天赐的精灵
也一定是羞涩的眼泪

霞光爬上了眉梢
我靠在春天的翅膀上
漫一首穆家营令
悠悠的风，皱了几朵云彩

好日子如一杯清茶
尕花儿漫过月亮山，一曲山泉叮咚
攒一点煽情涌上喉咙
咱漫的是花儿中的花儿

故乡与少年

西滩和花茂湾，南里的亲戚北里的客
满滩的席芨草拼命地生长着
一对勤奋的耕牛不停地犁着山坡
黄土地不亏下苦人
时不时能收获些散碎的银两

东台梁蹲在西滩的山峁上
一棵见过世面的柳树手托美髯
捋着百年古经
少年的一嗓子花儿
漫红姑娘的耳根

花茂湾里的洋芋白白胖胖
和西滩人是过命之交
吃着搅团长大的人心眼实
他们认一个死理
背靠故乡不空虚
小心能驶万年船

如今
西滩不再生长席芨

花茂湾里有花无茂

它们，有的走了口外，有的嫁给了脚户哥

有的跟着雄鹰比翼双飞

唯地雀仍守着麦捆生儿育女

它说，世界很小，人心很大

一眼山泉甜蜜了故乡

庄稼收了一茬又一茬

走头头的骡子老了一对又一对

麦垛底下藏麻胡的杜社和素燕

海誓山盟，欲白少年头

有人把故乡挂于嘴角

有人把乡愁倒入酒杯

有人把乡音安放都市

唯独那个熬着罐罐茶的大山

用一口地地道道的盐官话

和现代文明交融

一棵比父亲大几十岁的杏树

生于西吉滩，长在花茂湾

根深叶茂

所有人的乡愁结出酸甜

走南闯北的心思

在此搁浅

花茂湾的桃花，一梁梁心思

花茂湾的梁梁上
很适合一坡山毛桃闹春
布谷鸟把桃核仁从一个叫长流水的地方衔来
种在葫芦河岸边的小村庄
从此，故乡多了个名叫桃花的女人

长流水的水不长流
喊叫水祖父的那一嗓子，疼裂了河的胸腔
阳洼山上的桃花是见过世面的
她深知倒春寒就是个陈世美
唱《铡美案》的老生揉痛了一眼眶辣椒

桃花的粉绝不是前世修来的福
自从嫁给了这片老实巴交的土地
无论料峭、沙尘，抑或干旱、薄情
都要热烈地绽放一回
为一份侠骨柔情
也为一份养育之恩

桃花只是幸福过了头
如期而至的花期

摩肩接踵的心上人
她们争的不只是桃红杏白
还有一份误入花海的忐忑和不安

一季接一季的花期
皆如过客
有的羞涩几日，有时争宠半月
大多数被蜜蜂盛情挽留
化粉成核

被赞美者有一份难言之隐
如有再生
君为桃花，我做花中客
让男人们体会
赞美时刻，一种刻骨铭心的痛

哇呜的心事

和一撮故乡的泥土
醮点乡愁
捏成哇呜
把尕老汉吹成少年
把艰辛吹成花儿
把一滴眼泪吹成信天游

牧童把嘴安在哇呜上
在牛背上吹晚风，在白云里赶羊羔
一曲接一曲
在一碗碗稠得化不开的心事里
在一沟沟的丹霞苑里
在一畦畦洋芋地头
吹醉了乡音
吹红了耳根

两小儿有趣
和黄泥垒成书院
攒汗水浇注杨河
甚至，舀一勺勺被诗风吹皱的葫芦河水
供南里北里的亲戚捣罐罐

从八百里秦川打马走来
在黄沙古渡里一路风尘
陇南的背包客寻到了故交
我的哇呜，翻山越岭，一路当歌

一队队《赶牲灵》的调子
山驮着水，水绕着山
明清的风吹低牧草，吹现了牛羊
从月亮山到震湖，从将台堡到单家集
哇呜，我的一腔腔心事
吹了个人老五辈

小草青青

春风吻着万物
一块陨石在叶芽上静坐
阳光塞满了山旮旯
灵者的蠕动
撩拨于心

没有花香，没有树高
把寂寞挑在芽尖上
张望
把露珠挂在叶梢上
沐浴
用肉身排成翠绿的方队
等老牛检阅

又到了轻歌曼舞的季节
云雀声声
吵醒几只昆虫，探头探脑
欲把枯荣写满青青的草场
向世人启示

我的小草疯长在心田

在四季的轮回中
吮吸着报恩的气息
簇拥一团又一团的渴望
绿乡愁，解心缘

留守的村庄

男人们走南闯北
村子里的女人和土地
长满了蒿子

一棵古柳孤独终老
几个捏着铜板的客商
瞪大眼睛，像野狗一般
满庄子觅食烟火

一切都走失了
就像那些驮垛的驴
所有的古经和骚花儿
拐过盘盘路，再也没有回头

曾经的故乡
在记忆中慢慢老去
唯有一孔烟熏火燎的窑洞
无言地诉说着过往

故乡行

在大雁的翅膀上摊开一张纸
笔尖向南
我想写首《故乡行》

雁通人性
在六盘山上盘旋
可我不知从哪里落笔

最终，我一字未写
只在大雁背上想爹娘

梦回故乡

今夜月圆风轻
思绪带游子梦回故乡
一条曲折羊肠路
让儿时的憧憬千回百转
去路长，来路短
走进魂牵梦绕

古树突兀
满心忧伤诉说着百年的故事
枯藤昏鸦只话凄凉
轻轻地对你说
故乡，梦中的摇篮
炊烟袅袅，芋香绕梁

窗棂上的牛皮纸泛黄
细碎斑驳的日光铺在土炕上
熟悉的炕筋筋味依旧扑鼻
三尺见方的地方趴着姊妹们
能听到柔和的风匣声
旧屋的点点滴滴刻在梦里、念想里

老院里的杨柳依旧青青

风吹蒿草悠远

游子的薄情推不开双扇门

魂里梦里听见羊儿咩咩

扯着妈妈的衣襟向门缝外望

饥饿的泪花打湿了爸爸的心房

也许日子太过匆忙

日日里难回家乡

半辈子牵肠挂肚的地方

蜘蛛网隔膜了念想

枉生百年之后

黄土一捧终回故乡

老光阴

布谷鸟叫醒了一窝麻雀
一树树梨花泪崩
纷纷扬扬
潮湿

晨曦零零碎碎，洒了一路
我，一脚轻一脚重
捧着一颗不想老的心
拽着春风的尾巴，和艰辛告别

老光阴在额头上镌刻着往事
僵化的心思
钻进膝盖，咯嘣作响
三步一回头，去老宅子思过

无为之人，宛如尘埃
随风飘荡
辛辛苦苦一辈子
最终，竟活成了一堆黄土

寓言的修辞

闲言碎语（组诗）

一

台子上
好戏正加紧彩排

广场上挤满了人
这些平凡的人
挺像觅食的蚂蚁
不远处
还有一只狗
紧紧夹着尾巴

有人把巴掌拍得震天响
有人把心思拍得稀巴烂
唯我这个不爱热闹的人
直把双目
看得生疼

二

常常回眸

去审视
自己的身后
以及身后的影子

不长不短
不斜不正的影子
活在他人的口舌里
也印在厚实的土地上

无论富贵贫贱
影子
总是跟在身后，不离不弃
一个人的背影
是阳光不易照到的地方

我每日擦拭后背上的尘埃
生怕，积怨太久
会被人涂上
无法抹去的骂名

我知道，身后的影子
也是心里的影子
我擦拭着后背上的尘埃
也擦拭着心里的影子

我也知道，心里的影子淡了
身后的影子
也就不会
见不得阳光了

三

猫头鹰捎话带信
它将谎言说得过于正经
夜幕半信半疑
今夜会有霜降？

有人把眉头挽了个疙瘩
有人把呵欠打得地动山摇
苍蝇不停地扇着翅膀
它正为淡定喝彩

白天和黑夜无缝衔接
黎明跌到无底洞里
这时候
醒着和昏睡一个样

非要睁着眼睛听鬼话

其实鬼是无辜的
它只是把鬼之间的秘密
泄露给心怀鬼胎的人

四

广场上
敲锣打鼓，吆三喝四
猴子正卖弄着杂技
乘人不注意
它把手伸向诱惑

这个时候
往往赏头最多
主人皱起了眉头
猴性还是难改

归途中
猴子闷闷不乐
费劲地回想着
每一个耍和被耍的细节

杂耍的世界
耍与被耍

都要装作欢颜

五

鹦鹉和佛并排坐着
目慈面善
装着心事的香客
祈愿，躬身，叩首

佛向鹦鹉讨教心机
一炷香似懂非懂
香客糊涂
香案也不知所云

南来北往的人
有的说禅语
有的讲鸟话
唯有那被误解了的佛龛和鹦鹉
一言不发

行事交接

一坨好事的土坷垃
刚一爬过墙头
满庄子的狗便骂了半个晚上

这年头，是非上了网络
狗不堪重负
把骂仗的营生交给八卦主播

狗毕竟没学会直立行走
说公道不是本行
唉，隔行如隔山哟

假如我还有一口气

我将要远走，目的地是一个牛奶永不变味的地方
那里四季都飘着圣洁的暖风
送行的人流中，一群人叹息，一伙人啼哭
也有一伙人不屑一顾
明天的太阳一定还会从东方升起
我幻想着凭最后的一丝气息完成未尽之夙愿

假如我还有一口气
我一定敬畏地活在天地间
我一定以善行净心
也一定在阳光下和人们交往
顺便把赤诚的心高高悬起

假如我还有一口气
我一定跪着吮母亲的奶水
直起身子做人
我将努力阅尽天下的智慧
为父老姐妹以及和我一同呼吸的人
答疑解惑

假如我还有一口气

我会一天耕织在乡野，一天谋生在闹市
一边品尝野菜黄米饭，一边审视盘中的佳肴
顺便盛一杯正午的汗珠解渴

假如我还有一口气
我一定用讲真理的嘴巴
向黑暗吐一口唾沫
我也一定要用公正的天秤
为身边的穷弟兄
平分所有的劳动果实

假如我还能苟延残喘
我定会用一寸光阴
换点后悔药
以祈求在最后的日子里
以半立的身姿吐故纳新

分量

206 块骨头，60 多斤血液，还有一身的憨肉肉
泥土里长成的情缘
生命的有机体
全凭一口气息牵引着

不断在叩问
苍天、人祖和父母
我，从哪里来，又到哪里去
所有的问题，常被血液诠释
在落地的地方打着转转

百八十斤的人儿
总是活得顾虑重重
为什么，站着说话腰不疼
为什么，直着身子说话有底气

父母说，儿女是被种的稼禾
春播、夏长、秋收，一茬接一茬接续着
即便让欲望压弯了身板
脊梁也要挺拔成一座山

按人的分量活着

看似光鲜

却有苦难言

心语

请你别用带刺的目光看我
我就是一个庄稼汉
半晌薄田，一对耕牛
就是全部的看守

你说，笔比麦穗值钱
可遇到一块香喷喷的面包
我的文字就会瘦成皮包骨头

还是原来的我
在写完一篇感言后
我把笔插入泥土
却把一个像媳妇一样的土豆揽入怀中

人的一生
真不如一把麦穗
实成

微诗四首

度量

两唇之间的那点恩怨
咽下去开朵花
吐出来砸个坑

放纵

百毒不侵的招牌
一个欲字
被蚊蝇借去炫耀

拒绝

一度谨小慎微
可涎水多了
也会决堤

心语

三尺卧榻上

一呼一吸之间
流淌着感恩的阳光

伤不起（组诗）

一

流言一旦溜出口
唾沫星子
也能淹死真相

二

光天化日之下
丑恶把真理摁倒在地
西北风敲锣打鼓

标点家族（组诗）

逗号

意犹未尽
晃悠着人脑袋
去完成未尽之事宜

句号

用点小心眼
很难圆满
满腹的经纶

问号

半张着嘴
一脸的疑惑
问谁呢

省略号

干脆点

没必要藏着掖着
扯远了，头疼

叹号

倒立着身子
割断头
也要让人高看一眼

顿号

一个芝麻点
再大的事
只能按顺序排列

冒号

鼓起两个圆眼睛
把天下华章
示于后人

分号

两点拖条鱼尾

前言搭后语
不偏不倚

引号

两对小蝌蚪
把一串重重的心事
抱于心头

破折号

拖着长长的基调
总想把心事
揉碎掰烂

书名号

一腔春秋轶事
年年发酵
直把肚腹撑得尖尖

括号

所有的困惑

圈内释怀

出格了，皆是是非

悼文友康梅

写下"文学点亮心灯"的墨迹
挥挥手，告别
和亲友、弟子以及热爱的事业
像雨、像云又像风

天命年华
世事皆懂，包括生老病死
就不懂人间
祭拜的文字，如雨、如雪也如絮
只因念得太深、太重

为一首诗而幸福
为一袖清风而劳碌
为一份师道而敬业
这一切，停止在某一天
只因天堂有路

骨与肉

永别像利刃

醮些痛

从前胸开始剥离，肋骨分明

刺溜、刺溜

一刀一刀，看不见半滴血

脂肪拌肉

老娘和她的独生子

抱头续命

把离别说成永别

说文解字的古贤

在指甲缝里拔出一根毛刺

书写体会

心态

把几个蹩脚的文字捧在掌心
反复拿捏
该以怎样的颜面迎合读者的眼睛
我有些伤神

端起一本《农民识字课本》
从赵、钱、孙、李写起
刻印一个沉甸甸的金字
把背篓、镂、铧、石磨等揽入怀中
在黄土地上庄重地写上自己的笔名

扶起一束泛绿的农脉
深悟，春华秋实

话亏

擀开形形色色的面皮
和着无辜、隐忍
把亏包进饺子
下在一季露水里
慢慢煮熟

如鲠在喉时
得抿一口酸酸的家风
蘸着父母的劝诫
撬开惹是生非的嘴巴

上顿接下顿的亏
吃着吃着
身子骨竟弯成一张弓

亏饱饭足后
再把一杯苦头饮尽
修卧凡尘

去疼

从食指中倒着抽出麦芒
然后再刺向心房
要疼就得痛痛快快
起码要浑身抽搐

好久都没有舍生忘死的感觉
世界过于温馨
日子活成了唯一
亲情稠出了名堂

决绝的事情
其实与常理无关
一件棉袄穿得久了
垢甲、虱子，万般的不舒服
索性，取些嫩肉和空想的头盖骨
祭奠过往

下手一定要狠
只要能挤干无用的血
把疼由动词变为形容词
也不枉白疼一场

肚脐眼

怨气冲天时
常抚摸灵巧的肚脐眼
感觉像捂住气嘴

鼓鼓囊囊的肚腹
揽天地之气
从牙缝挤进的，弯弯绕绕
从屁股钻进的，湿气太重
唯从肚脐眼入怀的，不温不火

这神奇的宝贝啊
可以应急
好多的圈内人
皆秘而不宣

今夜，我突发奇想
努力使自己变为橡皮人
像肚脐眼一样，活个通透
成为怨者的气筒

告慰自己

一根根白发手挽手，爬上鬓角
我忍痛拔下
认真地捋直
交予儿子

再后来
有好多白发包围着我的头
我拔下一根、两根……

我执意
要把它们捻成纤绳
去丈量
一段未知的路

皮毛哲学

有的人
存心把皮袄
向里穿

有的人
刻意把貂皮
向外穿

向里穿
是怕自己变成畜生
向外穿
是想自己变成畜生

若干年后
一些直立行走的畜生
披上了人皮
一些跪着求生的人
长了一身毛

我得提前在有些背影上
标上记号

生怕毛长得太长

人畜难辩

人间

阳光、雨露、鲜花和掌声
因为神往
一路哭喊着
我赤身裸体来到人间

驻足黄河岸边
和中国龙一同昂起头颅
滔滔不绝的血流不断冲刷着骨
日子，九曲十八弯

那块自留地里
杂草没了双膝
锄头日日磨得锃亮
在雪雨天，一身汗一身泥

自从来到人间
我，常常闻鸡起舞
图的是扯一缕晨光和晚霞
枕上月光，和余生共眠

省己杂诗（组诗）

孤独

一句行话，在大街小巷里寻寻觅觅
半个灵犀之人
笑我装疯卖傻

无知

风撺着流言，豪气追着风
矮子背着忐忑
和蜗牛赛跑

快人快语

所有的情思，搭在弦上
愤青拉满幽怨之弓
蓄势待发

好好活着

有一口气总比干尸荣耀

别由着性子
和鬼勾肩搭背

鹦鹉学舌

落寞久了，舌苔上长满了蒿草
一群懵懂的麻雀
跟着鹦鹉学人话

很多时候
会说话的鹦鹉和识字的人
一个指点江山，一个激扬文字

迫于生计和说教
一只鹰只能隔山传话

风口独白

左手一把闲言，右手一把废话
孤独地立在风口
心无旁骛地
沐浴季节的礼赞

夕阳下，身影被无限拉长
在众口一词里
能听到肌肉和骨骼撕裂的脆响
我，习惯了黑夜的审视

一曲信天游洗心
走在别人的话题里
拎一颗星星
回家思过

黎明在即
一尊受伤的灵魂，迎着朝阳
跑步、说笑、伸懒腰、打喷嚏
还唱花儿中的花儿

长不大的心事

一弯冷月，在长夜里浸泡
几片锈迹斑斑的蓑衣
酷似鳞甲
风把谎言扯成一绺一绺
为滑稽疗伤

一些让骨头蒙羞的闲言碎语
躲躲闪闪
鞭痕累累的瘦脊梁
驮着一盏孤灯，赶夜

半池子光阴
在最幽深处泛黄
一圈又一圈的话沫子
令鱼儿结舌、青蛙沉默

静谧的夙愿
几支孤独的芦苇争相透气
溢满的心事
借点淡淡的腥气
发呆

一路走来
所有的心性半睡半醒
一大碗幽怨的山风
蒸一肚子心愿，半生不熟

怨了，也累了
哭了，也笑了
半辈子长不大的心事
清瘦了岁月

惜时篇

人生不过三万天
辛劳一半，贪睡一半

一辈子如樵夫
福禄一担，忧愁一担

智者常醒
昏者嗜睡

夜漫漫，世事入怀，只愿一人独醒
昼匆匆，须眉皆衰，悔哀日落西山

乘客与身份

上公交时
我把自己装扮成一个硬币
盲目间，投进人群

车内是个小社会
所有的座位都满满当当
暂且，我的身份折算成一元钱

一站又一站
汗味，蒜味，铜味，香水胭脂味
为不误行程
我选择从众如流

从母亲的牵挂中走来
我们都是行路人
乘着同一趟缘分
或东，或西，或远行

车到站了，行人匆匆
彼此不留些念想
唯那个让座的背包少年
仍憨憨如初

面子

关于面子
一些欲罢不能的套话
有时候，别人的挑剔和恭维
宛如四季交替
冷暖相宜

为面子而活，累并幸福着
隔三差五地贴一张面膜
大半为讨一个回头客
自己的艰难和虚无
往往会生出些斑痕，令颜面无光

恳请别在背后对人指指点点
也最好别在他人面前说三道四
有时候，羸弱的脊梁骨
比面子更容易戳破

活要面子不一定死受罪
大庭广众，悠悠之口
咽下一串闲言和愧疚
本身就是一剂最养颜的洁面乳

人活一张脸，树活一张皮
所谓尊严，不过是一种生存之道
也许有 一天，我们真的不再为颜面所困
索性将个人的大与小和盘托出
为灵魂求恕

比赛

跳门槛比赛正在进行
一、二、三
兔子一下子蹦出二里地
癞蛤蟆怕伤屁股，只挪了挪身子

颁奖仪式上
兔子因定力不足而落选
癞蛤蟆捧着奖状畅谈感言

看着兔子落寞的表情
一种担忧涌上心头

冬天，万物不易

冬季来临
故乡的山日渐消瘦
万物皆板着脸
像败光了光阴的赌徒
路旁的一排排杨柳树孤零零站着
它们活得十分憋屈

冬天的味道，很劲道
为了迎接一场突如其来的雪
它们或搓搓手，或借风活动筋骨
或把脖子缩了再缩

活着不易
勉强地活着更不易
活得像杨柳树一样谈何容易

这一切
西北风看在眼里
痛在脸上

涟漪

一池秋色
三分清凉，七分热闹
几片黄叶在水面上摆渡

我把心思投进去
以图漂白
瞬间，巴掌大的池塘
鱼儿私语，青蛙鼓噪，鸭子打起嘴仗

涟漪骤起
原来，这经不起打搅的地方
也不是什么好风景

小康画卷

"0"之说

一笔一画
2550多个日日夜夜
50万西吉人
终于把"0"画得圆圆满满

扶贫路上
智慧和汗水滴到脚面上
一串一串
浸漫成个"0"

奇妙的思绪
归"0"
眼眶里长出
教鞭、巴掌、愤怒和嘲笑
虎虎生风

从365天到"0"
一串串血红的数字
在每个扶贫人的心里
像毛毛虫
一万个扎心

十万份担当

心路畅通
土坯房化作记忆
辍学学生背起了书包
通自来水，医保清零
我们和着心血与汗水
走近倒计时

我们无限地渴望
渴望那个圆圆的符号
和全部的人心
无缝对接

2020 年年底
以"0"为圆周
收获和欢乐手牵手
拥成一圈，话感恩

答案

一条路在贫困户的门口卸下了我
然后径直去了远方
远方啊，不近不远
我用汗水，和你接通了最后一公里

一直在想这条路
为什么不拐弯
为什么赶路的人多，歇息的人少

2020 年
在一位脱贫户的心中
所有的行路人
惦着自己的斤两

2020 年
西方不亮东方亮

熬夜的人

熬夜加班的人
点燃信念
长明的心像九天的月亮
一挂就是一整夜

实在太困了
就用执念泡一杯茶
加一抹淡黄的月光
犒劳自己

我决定
等迎检圆满结束
绝不再熬夜
自己劳累
月亮也跟着遭罪

保养

仪表盘上的红灯亮了
一闪一闪
爱车向主人要起了小脾气

从修车厂出来时
有点头晕眼花
突然想起
忙了一年了
自己也该保养保养了

洋楼和土房的对白

小洋楼跷起二郎腿
高高在上
一栋土坯房踮起脚尖张望

盛世里
眼神欲把泥巴抹上墙

土墙像乞丐的赤脚板
满目沧桑
老巷子里
传出讨要声
划破墙缝，渗出了一滴血

这滴血
已经丧失了固有的血性
伤口里盛产神仙饭
它给懒汉
献上半碗糊口之粮

该把一颗火急火燎的良心
如数捧出

乘当下的煦风

和执念一脉共振

迎检

山路弯弯
几个村干部站成杨树的姿态
各自的心思
在秋风里打着转转

毕恭毕敬地望着远方
眼睛里长出忐忑
迎来送往的
有严肃和亢奋

不知何时
村道上更换了风景
一排排向日葵
把日头从东山笑到西山

丰收的喜悦
钻出土地
满满当当的心思
陶醉了八方的眼神

其实，等待

与给予无关

只愿这块土地上

能孕育一份长长久久的信念

说小康（组诗）

房

大庇天下难觅寒士
漂亮的房子
挤满了温馨和亲情
好日子不断发酵，人心比新房更敞亮

路

天路
把家和中国梦连在一起
从幻想的地方动身
直达幸福的彼岸

水

甘甜的自来水
蜿蜒千里
一路流进老百姓的心窝窝里

一波一波的赞歌

献给
可爱的挖井人

教育

学校，人间最亮的天堂
从"有教无类"到普及义务教育
求学路上，一个也没有少

医疗

仙丹
一锅长生不老粥
摆放在十里八乡
人均一碗

牛羊

奢望小康的日子
牛儿爬坡撵草，羊群满山追云
而今
牛羊闲在圈舍里
忆苦思甜

幸福指数

脱贫攻坚，每人有一块自留地
田野里
种满了幸福
节节拔高的长势
和人心一样齐

更夫

起鸡叫睡半夜
把黑夜引向黎明的职业
想把太多的懒散唤醒

更夫，老巷子里长长的身影
村庄里最亮的星

牛和驴

主人的话像豆子，一次一箩筐
添进槽里
肥了一肚子盘算
瘦了一屁股账债

马生财算半个富汉
一圈牛一圈驴
牛听着致富经反刍
驴撂着挑子调嗓门

几年过去了，一牛两犊
小牛囔着妈妈领补贴
犟脾气的驴，驮着个空口袋
满巷道瞎转

奔小康的时代
牛退休了，驴下岗了
养牛的做了大户
骑驴的成了阿斗

时常望着牛和驴畅想

牧童的短笛声里
一串外面光的驴粪蛋儿
受宠的情形

周末

一些人，一些心情
过惯了不言疲倦的日子
周末，开启幻想模式

在一片鼾声中起床
蹑手蹑脚
个人的想法
只能和北斗星言说

总想找个舒心的字眼
供心栖息
同是乡间人
来当辛苦，去也无怨

扶贫路上（组诗）

初心

挑着灯，黑夜里一缕星光
挤进门缝
查看米、面、油

精准

寒星做伴，夜无眠
在一页一页的表格里
把脉问症

安家

一盒泡面，一张床
把心安放在村部
经营着新家

初冬、初心

朔风掠过天幕
雪，一场接一场
几片瑟瑟发抖的叶子
赶在游子的前面，匆匆回家

门前的秃枝上
几只灰雀跳着迪斯科
一缕炉烟袅袅
和老屋辉映

一山一洼的草丛中
野兔打情山鸡骂俏
几间红瓦房，蹲在避风处
忆苦思甜

初冬、初心
一些牵挂爬上窗棂
这个季节忧心忡忡
就怕，一轮暖阳照不透那片山坳

劳动者的快乐

星星眨巴着眼睛
鸡起三更天
一把带汗渍的老瓦刀
敲打着忙忙碌碌的日子

家事比国事稍大了一些
婆娘的心愿
在晚归的暮霭里
一碗碗悄悄话落在了枕边

一段上不了台面的段子
谱成劳动号子
愉悦了太阳和月亮
一条岁月的河，从心眼眼里流出

好花儿飞出山窝窝
一声声入耳
一汪汪清泉
庄稼汉和他的老牛，一路向前

退役的牛

俯视着一垄一垄犁沟
老黄牛半喜半忧
晌午时分
鸡鸣、狗叫、娃娃吵
庄稼汉把梦添在牛的草料里

诗人仍在写一篇耕牛赋
一些铧犁静静地躺在天底下
有的蓬头垢面
有的相视无言
有的在民俗室里受宠若惊

一声悠长的"昂"
二牛抬杆已走过了一道道山梁
不用扬鞭不用奋蹄
一辆"时风"在山前岭后秀䏿

这年月，草低了难现牛羊
唯有排排圈舍在炊烟里
美得出奇
一部庄重的农耕史将被悄悄改写

与时俱进的肥牛
与主人邀宠

移民

一个守旧的村庄
一群离了故土的庄稼汉
养活了鸡、鸭、鹅、狗，也养活了自己的灵魂
就是养不活嗷嗷之口

突兀间
所有的气息匿迹，鸡狗闭嘴
再也听不到悠长的花儿
阿哥的眼泪走了西口
阿妹的背篓搁置了太多的伤心事

一庄子的破败
萧条长满了去路
所有的日子默不作声
一座孤坟躺在山梁上
望云兴叹

该走的都走了
梦想在山外的世界晃悠
苦根扎在土里
一坡一洼的思乡草

欲走天涯

一个怀念，在心里发芽

惜别兴隆镇

四年
一缕云烟尽散
来时似风，轻飘飘
去时如絮，乱纷纷

第一年
捋捋黑发
喜做人前人

第二、第三年
擦拭汗水
融为人中人

最后一年
缝合半寸伤口
形似落寞人

终老的岁月
影子斜斜
除了高高瘦瘦的稼禾
还有一串遗失的骂名和微笑

一壶光阴

初夏的阳光，正好
撩拨起一池的鱼和青蛙，互诉衷肠
一位追风的男人，担一担光阴
行一路初心不改

一缕夏日的风轻上发梢
有一眼清泉从骨头里流出
恬意潺潺
所有的心愿皆千回百转

山花和小草，是一对孪生姊妹
一波一波的痴情托着云团
独上山峦
一曲信天游漫过了层层麦田

倦意来时
我，索性栖息在下风口
仰天，听潮
也和一些什物漫语心结

花儿和古今

曾经的西海固，补丁落补丁
山穷得叮当响
男人的裤管和志气一样，短过脚板骨
庄风捻住胡须，异常清瘦
唱花儿的人漫一腔腔眼泪

如今的故乡，山富得流油
农人拨着金算盘，日子盎然
小康结出的芝麻，把花蔓搭上月亮山
满川满洼的花儿笑得打着饱嗝

乡村振兴季
在白鹤翩跹的葫芦河岸
我背起褡裢，坊间拾艺
每每遇见一嗓子少年
都唤作阿哥的憨墩墩

漫步芳香的黄土坡
踏遍热烈的故乡山路
只要足够小
总有漫不完的花儿少年

诗情源头是故乡

杨风军

2022 年夏天，我应邀参加《西吉文史》第四辑编审工作，深感荣幸。荣幸之因，对我来说是有正事可做，对于一个热爱文字的人来说无疑是赴一场盛宴；编审工作选在文化气息浓郁的木兰书院。就这样，在这处洁净灵魂之地又荣幸地结识了西海固大地上土生土长的方志、文史大家和民间文艺高手，其中一个名叫金玉山人给我留下了深刻的印象。主持人对参与这项工作的人一一作了介绍。从介绍人的语调中我听出参与者的分量，听出这项工作的分量。金玉山是西吉县政协秘书长，负责这项工作的联络和后勤保障。在之后，我认定他是一位被人间烟火喂养长大的人，真诚地对待人和事，毫不马虎，浑身散发着亲和力和感召力。在编审工作进行了一周的周末，为缓解疲劳，晚饭后他组织了一场文艺沙龙，大家聚在一起交流编审经验，探讨编审流程，展示个人才艺。耄耋之年的张家铎老师唱起了红歌《地道战》，年轻的文史专家王永明高歌"滚滚长江东逝水"……掌声如潮。接着他给我们演唱了一首自己创作的花儿：

> 春雷声响在个马莲川，
> 毛毛雨儿下在个西滩；
> 干花儿漫红了月亮山，
> 好日子么过哈地干散。

> 一道道川来几溜溜山，
> 葫芦河里长出个牡丹；
> 若要让我俩的情谊断，
> 得把六盘山摇得动弹。

从中我听出了他对故乡的大爱，听出了"西部福地吉祥如意"气场中文学之乡的渊源。在他高亢的抒情旋律中，我想起了朱熹笔下的诗句："半亩方塘一鉴开，天光云影共徘徊。问渠那得清如许？为有源头活水来。"

在多次的交流中，他宽厚、平和、认真的精神气质修正了我的许多毛病。在木兰书院，我在西吉文史资料中寻找到一个地方的精神宝藏，享受到人生中最值得回味的清晨、黄昏和静谧的夜晚，至今，西吉杨河的气息依然让我神清气爽。在木兰书院，我们见证了一座拾一梯和一座陶然亭的诞生，见证了金玉山漫花儿的风采。

编审工作结束后的一天，他联系我为他的诗集写点文字，这让我多少有点惊讶。看来我忽略了他的文学情怀。因为他的为人，我答应了。两天后收到他打印成册的诗稿《故乡的根》。怀着敬佩之心，认真阅读这部诗稿，我恍然大悟他张口就能漫出个调调的源泉。

一首一首细品，一寸寸向他的内心靠近。当完成那个会漫花儿的金玉山和这几百首诗链接后，我抬头仰望这个被岁月风霜洗礼过的个头不高的中年男子。他在曾经苦甲天下的大地上，用痴情滋养着生活。诗稿语言朴素，感情浓厚，从中可以看出他的足迹遍布西吉的沟沟壑壑，山卯河汉。诗风瓷实，很接地气，因而读来酣畅淋漓。

诗稿由四部分组成，即"眼里的诗""乡愁""寓言的修辞""小康画卷"。

第一部分收录诗作四十三首。主题是以耳闻目睹的物相为诗眼，抒发他内心的祈盼和焦虑。"常常在想／如果自己是一朵云／抑或是一滴雨／我必然要有情有义／该哭的时候一定不笑""久旱的雨像珠子／我拾起一串又一串／捧过头顶／替苍生叩谢"（《旱象（组诗）》这样的诗句表达了一个诗人目睹干旱后，急切盼望一场雨的心情，这种心情中藏着"大我"。

沿着这些诗句，我仿佛尾随在他的身后，体会到家乡的山川河流、花草树木给他带来的喜悦。

诗稿第二部分"乡愁"中，他把《故乡的根》排在首位。

《乡恋》这首诗的特点是叙事，揭示诗人来到西吉的缘由，呈现繁洐生息中的艰难困苦，再现诗人对这方土地的爱恋，读后令人泪盈眼眶。这样的诗在诗稿中有很多，无一不是诗人用情凝结而成的，像雪花一样，无一不是水汽升空凝结而成的。有人说，世间并不缺少美，缺少的是发现美的眼睛。金玉山先生的诗作就是他用一双发现美的眼睛，将故乡的万千物象撷取后，用情浸泡而酿成的。

第三部分"寓言的修辞"，诗人拓展了素材的疆域，把寓意故事中的意象与现实生活中的现象嫁接起来，再生出一种诗歌形式的新寓言，批判性地揭露不好的存在和形式主义。

这一部分的诗作，诗人用发散性思维，选取日常生活中的物象，负载个体观点，抒发爱憎之情。或褒或贬尽在现象的描述中。这里我就不再赘言，对诗作仁者见仁、想智者见智。

最后一个部分"小康画卷"，诗人以清零之意象，再现了西吉人民脱贫攻坚的昂扬斗志。例如他在《劳动者的快乐》中写道："好花儿飞出山窝窝／一声声入耳／一汪汪清泉／庄稼汉和他的老牛，一路向前。"

再如他在《一壶光阴》中写道："初夏的阳光，正好／撩拨起一池的鱼和青蛙，互诉衷肠／一位追风的男人，担一担光阴／行一路初心不改……一波一波的痴情托着云团／独上山峦／一曲信天游漫过了层层麦田／／倦意来时，我索性栖息在下风口／仰天、听潮／也和一些什物慢语心结。"足之所至，心之所向，景物入眼化作诗情。

总之，仔细地阅读完他的诗稿，真是敬佩之情油然而生。诗作题材广泛，行之所至，情之必达，白描式的呈现使诗作意象通透，没有无病呻吟、故弄玄虚之感，避开了当代诗坛诗句艰涩的偏痴。他的诗情连接的是故乡的春夏秋冬、故乡的山川河流、故乡的一草一木。他将民间花儿的元素巧妙地融入诗歌创作中，韵味十足，散溢着浓浓的乡土味，而这种滋养生命的气息在诸多文学作品中已消失殆尽。这是这部诗集的可贵之处。

当然诗稿还需进一步打磨，在语言方面还需提炼。受人委托，可能溢美之词颇多，又想诗不感人，何来溢美？

后 记

金玉山

喜欢诗歌的三十余年，占了人生的大部分时间，学习写诗却是不惑之后的事了，屈指一算，也有十五个年头，实属不易。借"文学之乡"这块肥沃的土壤赐予我创作的灵感，现将自己所创作的近千首诗歌认真筛选，最终挑出两百余首作品编辑成册，取名为《故乡的根》。

两百余首诗皆以故乡的根为魂，或聚或散，被一条看不见的乡愁牵引，扯着每一根神经。我的作品扎根于泥土中，无论"眼里的诗""乡愁""寓言的修辞"，还是"小康画卷"，都取材于平凡而普通的农村生活，自己的每一个灵感都源自与广大老百姓的交往、交心、交融。正如固原市文联原主席杨凤军看了书稿后所言："诗风瓷实，很接地气，没有故弄玄虚之感，散溢着浓浓的乡土味。"是的，本书的作品是泥土和汗水搅拌捏成的，读起来悠扬、亲切、亘古，一切都凝聚着对脚下这片黄土地深深的挚爱。

以文字为伴，是我业余生活的全部。或喜或悲皆因一块庄稼地、一圈育肥牛、一声劳动号子抑或一场久旱的大雨。每一首诗都是我对文字的敬重、对生活的反复咀嚼和深刻体悟。我的诗风朴实，谁都能读懂，没有济世的深奥，只有感悟的情怀。除了继承传统的诗词艺术之外，也夹杂方言、信天游和西海固花儿艺术的表现形式，读起来诙谐幽默、朗朗上口。尤其是这部诗集，以故乡为线，乡愁和美好的记忆像珍珠一样被串起来。比如农具系列，勾画出一幅幅美好的劳作图，基于一种对传统文化渐失的担忧，我的语言表现形式显得土里土气甚至不乏生僻字。另外，也有感于四年多的一线脱贫攻坚经历，亲眼见证了广大农村翻天覆地的变化，也倾听了老百姓那种发自内心对党感激的真心话。每块土地都种上了幸福，节节拔高的长势和人心一样齐。用最朴素的语言点缀当下最真实的生活，是我作诗的动力和源泉。

不求成名于坊间，不相信诗一直在远方。我明白，诗不养家，却能疗心。诗在诗人美丽的眼中和善良的心里。

愿诗歌之光芒，照亮我的生活；愿执着之追求，润泽我的诗句。祝我的文朋诗友和广大读者幸福安康、万事顺意。也许，我的文字不美，但心是美的，尤其是对朋友，就像我的花儿所漫："有心肠着把你看三遍，腿跑断，天边上晓不得个路远。"

感恩我的文字，感恩我的读者，感恩拥有。